CB009956

Luiz Raul Machado

COMO GATA e RATO

**Pequenas noções
de zoologia humana**

Ilustrações de **Ana Freitas**

1ª edição

Galera

RIO DE JANEIRO

2014

CIP-BRASIL. CATALOGAÇÃO NA PUBLICAÇÃO
SINDICATO NACIONAL DOS EDITORES DE LIVROS, RJ

M132c

Machado, Luiz Raul, 1946-
  Como gata e rato, como cão e gata: pequenas noções de zoologia humana / Luiz Raul Machado. - 1. ed. - Rio de Janeiro: Galera Record, 2014.

  ISBN 978-85-01-10240-9

  1. Ficção brasileira. I. Título.

14-08566   CDD: 869.93
                             CDU: 821.134.3(81)-3

Texto revisado pelo novo Acordo Ortográfico da Língua Portuguesa.

Ilustrações de miolo e capa: Ana Freitas

Impressão e acabamento Markgraph.

Direitos exclusivos desta edição reservados pela
EDITORA RECORD LTDA.
Rua Argentina 171 - Rio de Janeiro, RJ - 20921-380 - Tel.: 2585-2000

Impresso no Brasil
ISBN 978-85-01-10240-9

Seja um leitor preferencial Record.
Cadastre-se e receba informações sobre nossos
lançamentos e nossas promoções.

Atendimento e venda direta ao leitor:
mdireto@record.com.br ou (21) 2585-2002

EDITORA AFILIADA

— Porque cada pessoa é uma besta, uma vaca desenfreada, um cavalo doido, um bezerro enfezado, uma cobra caninana, um tigre desmilinguido, uma onça atiçada, um cachorro pulguento, um gato selvagem, uma arara sórdida, uma coelhinha assustada.

— Nossa! É mágico quando você abre o jardim zoológico...

(Stella Maris Rezende, *A mocinha do Mercado Central*)

1 Besta

Caí de quatro por ela. Não sei se foi o cabelo solto, o riso de cachoeira, os olhos meio vesguinhos e cheios de luz. Não sei. Juro que só muito depois reparei no corpo cheinho — perfeito, perfeito —, nas pernas que faziam ela andar como uma onda, nos braços inquietos e nas mãos. As mãos, grandes e sem esmalte nas unhas, falavam junto com as frases. Pena o batom, mas isso se veria depois.

Caí de quatro e fiquei gago. Eu que achava que sempre tinha a palavra certa na hora certa. Coitado de mim, caí de quatro. Fiquei besta.

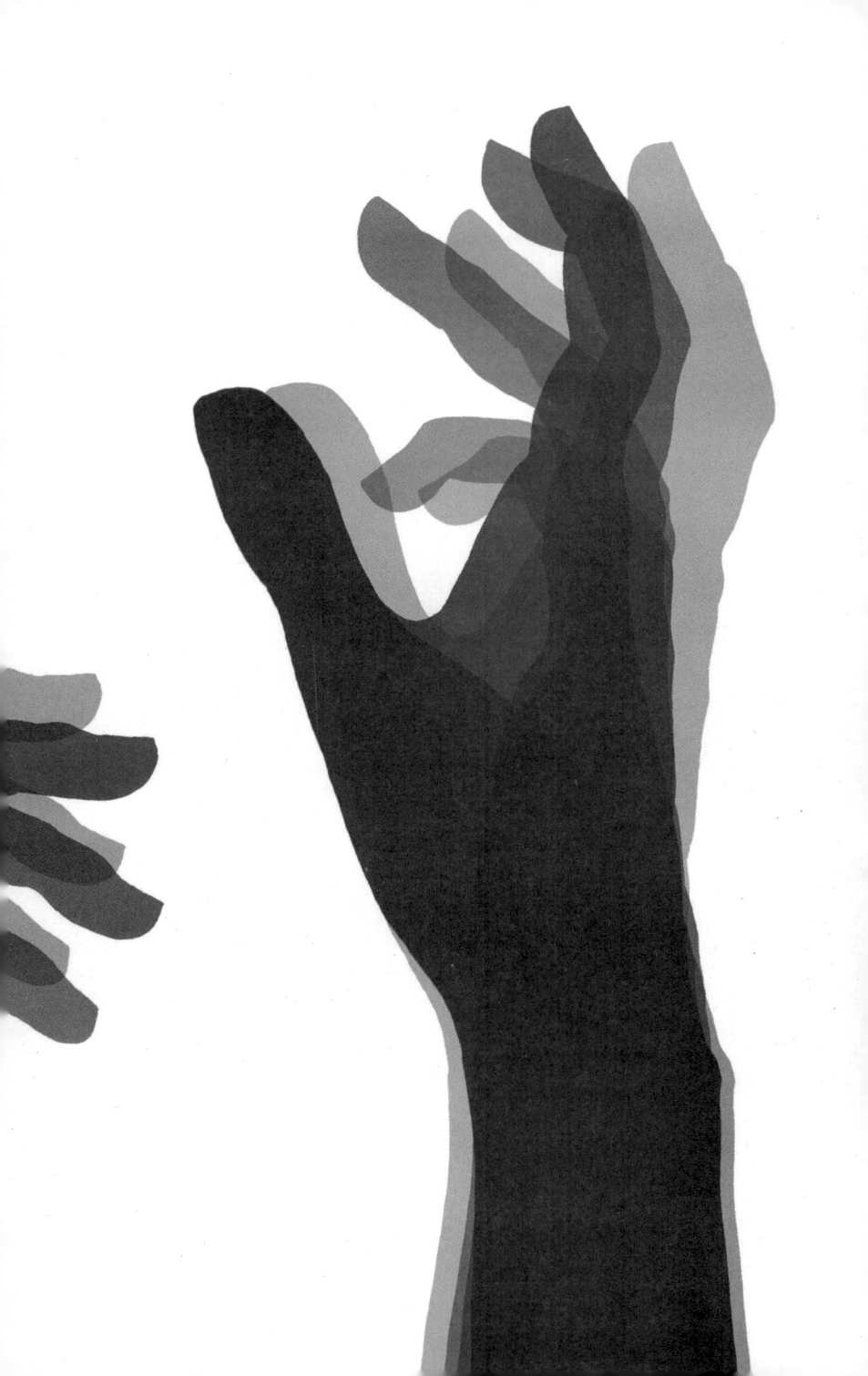

2 Vaca desenfreada

A primeira briga? Nem lembro direito. Depois de uns dias de paraíso, caí na asneira de debochar da mania dela com horóscopo.

Que que tinha ela ser escorpião e eu, leão? São bichos incompatíveis? E os raios dos ascendentes aumentam ou aguçam as diferenças?

Por que não fiquei quieto?

Ela ficou na ponta dos cascos e investiu furiosa contra mim. Como eu me sentiria se ela debochasse de coisas sérias pra mim? Se ela dissesse que meus escritores eram todos uns imbecis cheios de palavrórios inúteis?

Que Machado já era e Drummond nunca tinha sido?

3 Cavalo doido

Eu desandei a rir, relinchei, empinei e dei um coice. Comparar meus escritores com aquela bobajada de signos? Faça-me o favor.

Depois, veio a história do zodíaco chinês. Eu, gato, e ela, cachorro. Caí na gargalhada e profetizei uma vida a dois meio infernal com bichos tão inimigos.

Dado o coice, empinei, relinchei e desandei a rir.

Não tenho certeza, mas acho que ela foi pro quarto chorar.

4 Bezerro enfezado

A vaca desenfreada acolheu de novo o bezerro enfezado. E eu, com pretensões de ser touro, fiz valer os meus direitos.

Achei num sebo um livro de astrologia chinesa e sublinhei as passagens que provavam que gato e cão podem muito bem dar certo juntos.

Era alguma coisa como:

"A união de cão e gato pode ser feliz. Basta que haja um pouquinho de sorte. Considerados inimigos históricos, estes dois animais, astrológica e psicologicamente, têm vários pontos em comum: são honestos e virtuosos. Podem se compreender, se ouvir e viver em paz."

Embrulhei e dei pra ela pra consolar tanto choro que eu tinha provocado.

Carinho de reconciliação parece que é maior e mais eficaz.

5 Cobra caninana

Brigas de novo.

Um dia eu li um artigo sobre cobras ofiófagas. Assim eu imaginava nós dois depois de muito tempo juntos. Cobra engolindo cobra. Uma engolia o outro, o outro engolia uma e ficavam os dois rabinhos de fora...

Contei pra ela.

Ela riu com as minhas bestagens.

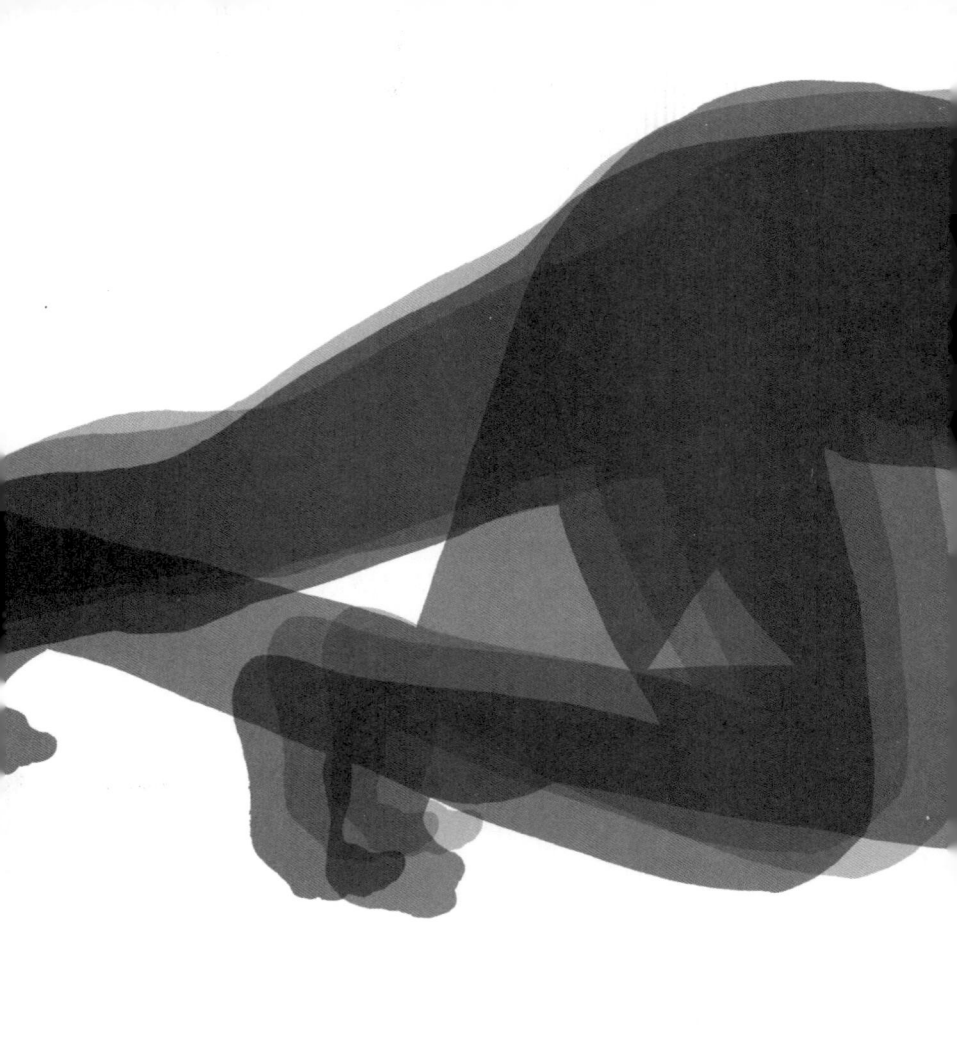

6 Tigre desmilinguido

As minhas arremetidas se desmanchavam como ondas na praia. Eu, tão felino e ferino, avançava, respondia, ironizava. E ela, às vezes tão calma, me deixava desmilinguir até tudo dar em nada. E ela comandava o tempo de mais uma lua de mel. E a reconciliação parecia que apagava as brigas. Ondas. Até a maré seguinte.

7 Onça atiçada

Ciúme.

Não houve entre mim e aquela aluna nada mais do que o que ela viu: um abraço pela prova perfeita. Mas foi o suficiente pra ela armar um barraco. Que eu era galinha, que parecia gato no cio, que estava pronto pra montar em qualquer uma.

Eu já tinha visto aquelas cenas mas sempre me assustava com as garras dela e com o bote armado, pronto para destroçar a presa. Eu.

8 Cachorro pulguento

Minhas explicações não convenceram nem amainaram a sua fúria. Deixei ela ainda mais com a pulga atrás da orelha. E com aquele olhar de cachorra injustiçada. Olhar pidão e, ao mesmo tempo, desafiador. Não tem nada mais triste que olhar de cão quando está triste. E eu juro que não queria ela triste.

9 Gato selvagem

Selvagem, sim, mas antes de tudo um felino capaz de carinho. Mostrei pra ela uns versos de Tomás Antônio Gonzaga. Disse que tinham sido feitos havia séculos, mas sob medida pra ela. Ela já leu desconfiada.

"Amam os brutos ímpios,
A serpente venenosa,
A onça, o tigre, o leão.
Todos amam: só Marília
Desta lei da Natureza
Queria ter isenção?..."

Ela não deu a mínima. Mas me fez um cafuné distraído como se faz num gato.

10 Arara sórdida

Não sei por que cargas-d'água fui usar aquele adjetivo numa de nossas inúmeras brigas.

— Sórdida, eu? — ela gritou e as lágrimas grossas já pulavam dos olhos.

E repetiu não sei quantas vezes:

— Sórdida, eu? Eu?

Não tive coragem nem pra continuar a briga. Saí porta afora e fui andar pela rua madrugada adentro. Me consolava o fato de ter deixado a porta aberta.

Triste consolo.

11 Coelhinha assustada

Agora é tarde. Passei a madrugada escrevendo e reescrevendo um poema, eu que não sou poeta: "Ode ao joanete da mulher amada". É fácil aprender a geografia do corpo da pessoa amada, difícil é aprender a amar a pessoa amada.

A madrugada toda — enquanto andava e enquanto escrevia — eu via pousados em mim seus olhos de espanto. Como quando espatifei seu secador de cabelo ou quando destruí metade da louça da casa, depois que entrei no quarto e vi quase toda a minha roupa retalhada a tesouradas. Tanta paixão, tanto rancor. Susto.

12!

O armário dela está vazio. O da cozinha quase. A estante dos discos desfalcada. As dos livros, não sei, preferi não olhar.

Escrevi num papel trocentas vezes uma frase de Fernando Pessoa: "A vida é a hesitação entre uma exclamação e uma interrogação. Na dúvida, há um ponto final."

Depois, fiquei horas olhando pra televisão desligada.

13 ?

Descobri na cesta de lixo
do banheiro um poema com a letra dela.
Não sei de onde ela tirou tudo isso.
São chamegos e xingamentos a partir de
um monte de bichos. Não sei. Nunca soube
do interesse dela por animais. Sempre achei
que ela tinha bom gosto, e algumas frases
são francamente grosseiras.

Resolvi copiar aqui porque, quando reli
uma ou duas vezes, fui achando interessante.
Se eu tivesse talento musical, acho até que
tentaria fazer uma canção atormentada pra
ser cantada alternadamente por um homem e
uma mulher.

Copiei. Só então me dei conta de que
essas frases podiam ter sido ditas por nós
dois nos momentos de carinho e nas horas
das brigas. Homem, fraco humano, bicho
da terra tão pequeno.

Quem foi o idiota que inventou a
história de que homem não chora?

Como gato e rato
— cobras e lagartos —
é um para o outro
como cão e gato

ela
para
ele

ele
para
ela

— um manso leão
— um tigre de forte
— um olho de lince
— esperto raposa
— aranha econômica
— cão que ladra e morde
— um escorpião
— feroz sanguessuga
— ruim feito cobra
— um burro de carga
— um asno uma besta
— cavalo animal
— um galo de briga
— pior que lacraia
— mais chato que traça
— sangue de barata
— um rato de esgoto
— espírito porco
— um cão vira-lata
— hiena brutal

— simples como pomba
— prudente serpente
— parece um bichinho
— de flor joaninha
— a borboletinha
— mosquito falante
— insignificante
— ave de rapina
— uma águia daninha
— galinha-d'angola
— tô fraca tô fraca
— arara que berra
— um corvo uma gralha
— uma papagaia
— teimosa uma mula
— urubu em carniça
— voraz ratazana
— um rabo de arraia
— cadela de rua
— com gênio de fera

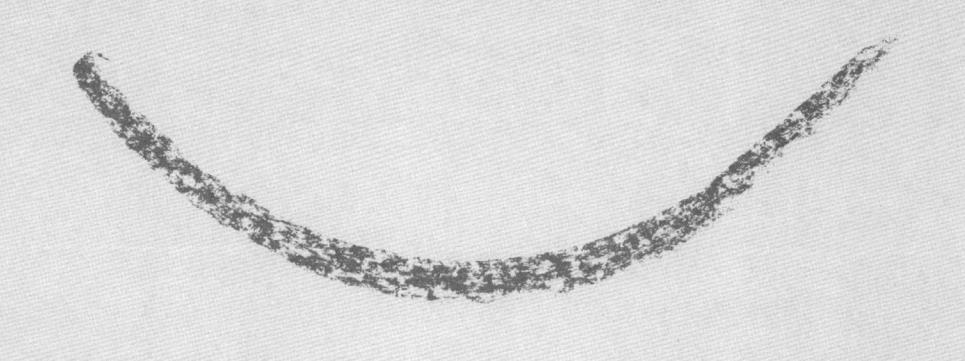